POÊME.

LA MISSION A PARIS.

LA MISSION

A PARIS

OU LES NOUVEAUX TRIOMPHES

DE LA

RELIGION CATHOLIQUE,

DANS LE

VÉRITABLE INTÉRÊT DE L'ÉTAT.

POÊME EN CINQ CHANTS

Par Marie-Jacques-Amand BOÏELDIEU,

AVOCAT A LA COUR ROYALE DE PARIS, MEMBRE CORRESPONDANT

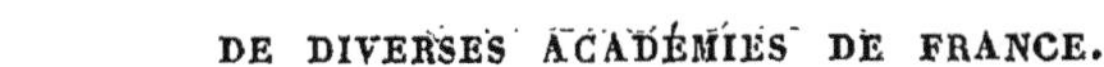
DE DIVERSES ACADÉMIES DE FRANCE.

> L'Eglise enfin triomphe et, brillante de gloire,
> fait retentir le Ciel des chants de sa victoire.
> *(Racine, au 2.me chant du poëme de la Grâce.)*

PARIS,

Imprimerie Ecclésiastique de Beaucé-Rusand

1822.

L'OUVRAGE SE TROUVE,

A PARIS,

A la Librairie Ecclésiastique de Rusand, rue de l'Abbaye St Germain, N.° 3.

Chez la veuve Leloir, Libraire, rue Saint-Jacques, N.° 164, en face de la place Sainte-Geneviève.

Chez Petit, Libraire de S. A. R. Monsieur et de S. A. S. M. le duc de Bourbon, au Palais Royal.

A ROUEN,

Chez Mégard, Libraire, rue Martainville.

PRÉFACE.

Ne pouvant méconnaître combien, relativement à la constitution des gouvernemens et à l'existence morale des peuples, l'intervention de la divinité avait d'influence sur la prospérité publique, l'illustre Platon posait en principe que : « Celui qui » rejète la religion, arrache les fondemens de » l'état. »

Bien pénétré de l'infaillibilité de cette doctrine, Cicéron disait également : « Sans religion, quel » dérangement, quel trouble parmi nous? Je doute » si, éteindre la piété envers les Dieux, ce ne serait » point anéantir la bonne foi, la société civile et la » principale des vertus, qui est la justice. »

Si, dans les ténèbres du paganisme, les deux plus grands politiques d'Athènes et de Rome tenoient autrefois ce judicieux langage, que doivent aujourd'hui penser et dire ceux qui, dans l'intérêt des souverains et dans celui des peuples eux-mêmes, considèrent la véritable religion et les préceptes admirables qu'elle a introduits dans le monde, en écartant les nuages qui, jusqu'à l'époque de son établissement, l'avaient toujours tenu dans un aveuglement déplorable?

Ne seront-ils pas forcés de convenir avec un auteur moderne : « Que celui qui chercherait à » anéantir ou à affaiblir sa morale divine, serait » par là même, l'ennemi du genre humain. Sa main » sacrilége chercherait à couper l'arbre de vie » dont les feuilles sont destinées à guérir les na- » tions. » (1) Sublime idée, prise dans nos divines écritures (2) et dont les hommes sensés et réfléchis sentiront aisément la profondeur et la vérité.

Pourquoi faut-il que cette main sacrilége, que cette main ennemie des autels et du trône, ait tenté d'arracher, sur le sol français, jusques aux racines de cet arbre salutaire, à l'ombre duquel croissent et prospèrent si facilement toutes les vertus?

---

(1) Accord de la révélation et de la raison contre le divorce, par M. l'abbé de Chaptat de Rastignac, docteur de la maison et société de Sorbonne, député à l'assemblée nationale

(2) Saint-Jean à l'Apocalypse chap. 22. v. 2.

Ah! s'il est resté debout, cet arbre si précieux à l'humanité toute entière, s'il a résisté à toutes les tempêtes qu'ont suscitées contre lui les fureurs de l'impiété et les projets infernaux d'une politique insensée, nous n'en pouvons et devons rendre grâces qu'à cette éternelle et sage providence qui, malgré nos blasphêmes contre elle, nous a, dans sa miséricorde ineffable, conservé ces généreux confesseurs de la foi, ces pasteurs éloquens et fidèles qui, depuis leur retour au sein de la mère patrie, n'ont cessé de combattre avec succès cette secte de novateurs illuminés, qui, pour mieux en imposer à l'aveugle crédulité, s'enveloppe astucieusement de l'honorable manteau de la philosophie.

Mais, malgré le zèle et l'activité de ces ministres si recommandables par leurs talens et leurs vertus, pouvait-on se dissimuler que, dans l'état actuel des choses, où leur petit nombre forcé à laisser en friche une portion si considérable du vaste champ de l'église, il était évidemment impossible que, chargé du poids d'un ministère accablant, ils pussent, seuls, donner à cet arbre du salut une culture suffisante et propre à lui faire produire des fruits abondants, si de nouveaux ouvriers évangéliques en venoient promptement à leur secours.

Cette incontestable vérité ne pouvait échapper à la sagacité d'un souverain attentif à tous les besoins de ses peuples. Aussi, dans les sentiments religieux et paternels qui n'ont cessé de caractériser la sagesse de son gouvernement, le digne et pieux monarque que nos soupirs et nos vœux les plus ardens avaient depuis si long-temps rappelé au trône de ses pères, s'est-il empressé de leur adjoindre de nouveaux collaborateurs.

Et, sans doute, il ne pouvait faire un choix plus propre à seconder leurs véritables désirs, qu'en leur associant ces hommes si rares et si précieux qui, portant l'abnégation d'eux-mêmes jusqu'à l'héroïsme le plus étonnant, consacrent gratuitement toute leur existence à l'instruction et au vrai bonheur de leurs frères, ne redoutant ni peines, ni fatigues, pour disséminer les lumières qui, seules, peuvent les éclairer sur leurs plus chers intérêts.

Mais ç'a été une belle et grande idée conçue par ce prince magnanime, que celle d'établir et d'autoriser l'exercice de leur ministère dans le sein même de sa capitale.

En effet, si au premier aperçu, on ne sent pas bien la nécessité de ce nouvel établissement dans Paris, en raison du zèle et des talens des pasteurs et du clergé vénérable qui en font la consolation et l'ornement; pour peu qu'on veuille y réfléchir avec une sérieuse attention, on est bientôt convaincu que, peut-être, nul endroit de la France n'en avait un besoin plus réel et plus pressant; surtout à la suite d'une révolution terrible qui, comme on ne le sait que trop, y a pris sa coupable naissance, et dont le déplorable germe y est si difficile à détruire entièrement.

Si l'excès de sa population y rend le developpement de ce germe et plus facile et plus dangereux qu'ailleurs, n'était-ce pas sur cette reine de nos cités qu'il fallait porter ses regards avec plus d'attention et de célérité, dans la juste crainte que le foyer du volcan qu'elle renferme encore si malheureusement dans son sein, ne se rallumât à la plus légère étincelle, et que dans une seconde éruption, elle n'embrasât de nouveau nos vastes provinces qui, plus d'une fois, dans les mouvemens séditieux, se sont empressées de rivaliser d'ardeur avec elle, quand elles-mêmes, agitées par des factions étrangères, ne l'ont pas imprudemment devancée.

Il est sensible qu'on eût pu réclamer ce nouveau secours avec moins d'empressement, s'il n'eût fallu que maintenir ou conserver dans le bercail des brebis tendres et soumises. Mais pour y amener celles qui n'avaient jamais entendu la voix de leur pasteur et qui, peut-être, n'étaient encore entrées dans nos temples que pour en profaner la majesté sainte, il ne fallait rien moins qu'une mission imposante dont l'éclat et la solennité, éveillant l'attention publique, les forçât, pour ainsi dire à leur inscu, à venir, d'elles-mêmes, grossir le troupeau fidèle et à prendre avec lui sa nourriture au sacré pâturage. Et c'est-là naturellement ce que pouvait produire et qu'ont produit, en effet, le zèle ardent et l'industrieuse charité de ces apôtres qui sont venus parmi nous, rallumer le flambeau de la foi qui ne jetait plus que des lueurs faibles et mourantes, et dont le ciel même a béni et secondé les efforts, puisqu'une foule et d'habitans et d'étrangers que la nouveauté d'un spectacle aussi touchant avait, seule, attirées, a fini par se confondre avec les fidèles et par y devenir, elle-même, un vrai modèle de ferveur et d'édification.

De si beaux triomphes et pour la religion et pour l'état qu'on n'en peut raisonnablement séparer, puisqu'elle en fait le premier et le plus ferme appui, de si beaux triomphes, disons-nous, étaient bien de nature à faire une vive impression sur tous les cœurs sensibles à la prospérité de l'église catholique, si long-temps humiliée, comme à la tranquillité du royaume, naguères encore livré au fanatisme de ces insensés qui, dans le sein même de la liberté la plus illimitée, ne voient que les chaînes du despotisme et le joug honteux de l'esclavage. Et je ne rougirai point d'avouer que, moi-même, je n'ai pu me défendre d'une profonde vénération et d'une sorte d'ivresse à la vue de ces exercices que suivoient et que suivent encore, avec une persévérance et un recueillement au-dessus de tout éloge, les hommes les plus distingués par les lumières ou la naissance, et la classe même du peuple qui se fait un véritable honneur de marcher sur leurs traces et de les imiter dans le saint respect qu'ils portent à nos redoutables mystères.

Eh! qui n'aurait pas été touché, jusques aux larmes, de la beauté de ces instructions paternelles dont la noble simplicité va droit au cœur, le touche et le persuade avec plus de succès et de rapidité que ne le feraient tous les artifices et tous les traits d'une éloquence étudiée.

Eh! qui n'aurait pas été tendrement ému au chant vraiment sublime de ces cantiques sacrés dont retentissaient et retentissent encore chaque jour les voûtes de ce temple magnifique où, sous la protection spéciale de l'auguste patronne de Paris, la mission est, pour ainsi dire, en permanence.

Jamais les prodiges de l'art, à nos théâtres même les plus pompeux, n'y produiront le miraculeux effet des simples chœurs de ces jeunes et nombreuses vierges qui, dans l'effusion d'une âme tendre et pure, consacrent leur voix à célébrer les grandeurs et les bienfaits de la divinité, en lui demandant, avec une ardente ferveur, la félicité de la patrie, le salut de son prince et le règne éternel de son illustre maison.

Vainement l'impiété, dans ses préventions ou sa mauvaise foi, tentera de livrer au mépris ou à la dérision cet éclatant et juste hommage rendu dans nos temples à la souveraine puissance, cette douce harmonie qui résulte de ces pieux concerts qui semblent descendre de la céleste Jérusalem elle-même, n'en fera pas moins le charme heureux de toutes les âmes sensibles à tout ce qui peut intéresser la religion et relever enfin l'éclat de son culte, si long-temps négligé dans le cours de nos calamités.

Ce n'est donc pas sans raison que l'éloquent et savant évêque de Troyes disait avec le talent qui lui est propre, en parlant de l'importance des missions, que « Les fastes de l'église n'offrent rien » de plus grand que le récit de ces conquêtes apos- » toliques et qu'elles remplissent les plus belles » pages de son histoire. »

« Elles fleuriront d'âge en âge, disoit-il encore, » pour le triomphe de la vérité. Et soit, que » s'étendant aux climats les plus reculés, elles volent » au secours des barbares et des infidèles pour leur » apporter *la bonne nouvelle* et annoncer la paix » et le bonheur sur les montagnes; soit, que se

» renfermant dans l'intérieur de nos églises, elles
» se vouent au salut du peuple chrétien, nous les
» verrons toujours se montrer dignes d'elles-mêmes
» et de leur origine; toujours dignes de notre
» *admiration* et de notre *reconnaissance*.

Si c'étaient-là les seuls et justes sentimens que dussent inspirer les travaux des pieux missionnaires, par quelle étrange fatalité, ceux qui, dans ces jours si heureux pour la capitale, y font revivre toutes les vérités de la foi, se sont-ils vus l'objet particulier de la haine et de la persécution? Comment, pour en faire les déplorables instrumens n'a-t-on pas rougi de corrompre cette aimable et tendre jeunesse sur laquelle reposait avec tant de confiance tout l'espoir de la patrie?

Ah! c'est que désolés de cette heureuse paix qui régne dans toutes les parties de la France, les hommes véritablement pervers et qui, par un fol orgueil ou par un vil intérêt, n'aspirent qu'à la ruine des états, pour asseoir leur propre domination, ou se gorger d'immenses richesses qui puissent réparer leurs prodigalités ou servir d'aliment à leurs passions, n'ont pas de plus grands ennemis que les ministres d'une religion sainte qui maintient les peuples dans l'obéissance et la soumission, et qui environne la société civile, elle-même, de remparts inexpugnables.

Mais n'en doutons pas, Dieu qui, par plus d'un miracle de sa toute-puissance, nous a si bien manifesté le soin tout particulier qu'il prenait encore de cette France et si belle et si long-temps malheureuse, non! Dieu ne permettra pas qu'elle soit encore une fois victime des fureurs d'une horrible anarchie! Et s'il est permis d'en juger par le succès éclatant et soutenu des saints exercices de la mission établie dans le sein de Paris, les ministres qui se sont empressés d'en prendre sur eux tout le fardeau, seront justement proclamés les vrais sauveurs de la patrie : tant il est vrai que, pour dissiper les ténèbres qui aveuglent l'esprit et pour éclairer les consciences, il vaut mille fois mieux prendre le flambeau sur l'autel que le glaive étincelant de la justice qui n'en impose guère qu'au coupable intimidé et ne contient souvent dans le devoir que des âmes viles ou des cœurs corrompus qui se vouent bassement à l'hypocrisie.

Heureux témoin de ces nobles travaux, de ces généreux efforts qui, dans le véritable intérêt de l'état, ont assuré à la religion catholique un si beau triomphe à Paris, j'ai cru ne pouvoir plus utilement employer les loisirs d'une vacance dernière qu'en les consacrant à célébrer l'éclat et les heureux effets de ce triomphe qui désormais doit si puissamment influer sur la prospérité et sur la tranquillité du royaume; et, comme on ne saurait dignement parler des choses sacrées, sans emprunter le langage le plus sublime, j'ai tenté d'employer celui même des poëtes, dont l'élévation, dans les matières qui ont quelque rapport avec la divinité, sera toujours au-dessous du sujet.

Quoiqu'il en soit, celui auquel j'ai cru pouvoir me livrer est digne de toute l'attention des vrais français, puisqu'il traite à la fois des grands intérêts de l'église et de la patrie.

Pour remplir le but que je me suis proposé, j'ai divisé l'ouvrage en cinq chants.

CHANT PREMIER.

Bien convaincu que l'absence de toute religion en France, et le mépris ou l'oubli des devoirs importants qu'elle nous impose, ont été la première source des malheurs affreux dont la révolution l'a rendue victime, j'ai, dans le premier chant, fait le rapprochement de nos calamités, après avoir tracé dans un tableau succinct et rapide les progrès de cette religion qui s'est étendue jusqu'à nous, à l'époque célèbre où le grand Clovis l'a fait monter sur le trône, pour la gloire et le bonheur de la nation.

CHANT SECOND.

Ne pouvant trouver de remède vraiment salutaire à nos maux que dans l'exercice des vertus religieuses dont la mission, autorisée dans le sein de Paris même, pouvait seule hâter et favoriser l'heureux retour, j'ai fait voir, dans le second chant, toute l'importance dont elle était pour cette grande et vaste cité; et après avoir développé tout ce qui était propre à faire connaître la manière dont elle s'y était établie, j'ai rendu compte des obstacles étranges qu'elle avait éprouvés dans le cours de ses prémiers travaux.

CHANT TROISIEME.

Pour répondre aux vains argumens des athées ou des déistes qui font, de notre croyance un objet de de dérision et qui, par une suite naturelle de leur orgueilleuse folie, déclament si vivement contre les saints exercices des missions, j'ai introduit, dans ce troisième chant, un personnage épisodique qui, imbu de tous les faux préjugés que suggère la doctrine impie des prétendus philosophes de nos jours, donne lieu au développement des principales preuves de la religion catholique, et à la refutation des vains argumens de cette monstrueuse doctrine.

CHANT QUATRIEME.

Comme le chant précédent ne suffisait point à ce développement d'une si haute importance, j'ai reporté dans celui-ci la suite de ces preuves qui me parroissait indispensable pour forcer l'incrédulité à s'avouer dans l'impuissance absolue de répondre aux argumens invincibles des catholiques. (1)

CHANT CINQUIEME.

Après avoir, aussi lumineusement qu'il m'a été possible, démontré la vérité de la religion chrétienne et fait remarquer la beauté de sa morale et tout le bien qu'elle opère dans la société, j'ai terminé ce cinquième et dernier chant, par célébrer l'éclat et l'heureux triomphe de cette religion dans Paris même, triomphe qu'on doit à l'établissement de la mission dont le succès et la gloire au-dessus de toute espérance, sont une nouvelle preuve des bienfaits dont Dieu ne cesse aujourd'hui de combler le royaume.

Tel est le plan général de cet ouvrage et tels sont les objets divers que j'y ai traités dans la forme particulière aux poëmes.

---

(1) Dans un de mes précédens ouvrages, publié sous le titre *du Langage de la Raison et du sentiment*, j'ai déjà fait usage d'une partie des argumens qu'on retrouvera dans ce quatrième chant.

Celui-ci est-il conçu et exécuté dans toutes les règles de l'art ? C'est une question à laquelle je ne me permettrai point de répondre. Le lecteur judicieux et doué des connaissances et des lumières propres à la décider, prononcera : d'avance, je souscris à son jugement, quelle qu'en soit la nature.

Au printemps de l'âge, on ambitionne les lauriers du Parnasse ; aujourd'hui que le temps m'a fait connaître toute l'illusion et toute la vanité de la gloire humaine, j'aspire à des palmes moins périssables : et satisfait de l'estime des vrais amis de la religion catholique, de ceux de la patrie et du souverain qui la gouverne avec tant de sagesse, je me croirai trop heureux, si je suis jugé digne d'être mis au rang de leurs sincères et plus zélés défenseurs.

LA MISSION

A PARIS

OU LES NOUVEAUX TRIOMPHES

DE LA

RELIGION CATHOLIQUE,

DANS LE VÉRITABLE INTÉRÊT DE L'ÉTAT.

CHANT PREMIER.

Quand la fidélité fut mise au rang des crimes,
Et que de l'honneur même, admirables victimes,
D'illustres fugitifs, ralliés à sa voix,
Formaient avec Condé le parti de nos Rois,
Jeune alors et touché de leur noble courage,
Je méprisai comme eux les périls et l'orage.

Mais dès qu'un sort contraire eut trahi leur valeur,
De la nuit des cachots perçant la profondeur,
Des vaincus opprimés j'embrassai la défense :
D'un dédale de lois que dictait la vengeance
Réduit à m'engager dans les sombres détours,
J'assurai leur salut au péril de mes jours.

Et vous, ministres saints dont l'âme grande et pure
Préféra mille morts aux faveurs du parjure,
De vos cœurs généreux admirant la vertu,
Ah ! c'est pour vous, surtout, que j'ai tant combattu !
Si le succès alors passa mon espérance,
C'est que de l'Eternel la sage providence,
Pour confondre l'orgueil qui règne injustement,
Ne craint point d'employer le plus faible instrument.

Maintenant qu'un Roi sage autant que magnanime
Sur l'ange de la mort a refermé l'abîme,
En un champ moins funeste et des jours plus égaux,
J'aspire, en mes vieux ans, à des lauriers nouveaux;
Mais du temple, aujourd'hui, franchissant les portiques,
Je les veux moissonner au chant de ces cantiques :
Noble et juste tribut qu'au Seigneur, chaque jour,
S'empresse d'acquitter un chaste et pur amour.

O ! vous qu'en ce lieu saint votre respect attire,
Jeunes Vierges ! venez aux accords de ma lyre
Unir vos chants sacrés. Et dussent nos concerts
Allumer de nouveau la rage des enfers,
Fournissant à grands pas ma nouvelle carrière,

Je n'en dirai pas moins l'origine première
Des malheurs dont la France éprouva la rigueur.
De la religion qui conduit au bonheur,
Je peindrai dans mes vers le triomphe et la gloire.

C'est à vous qu'elle doit sa nouvelle victoire,
Ministres généreux, qui combattez pour nous;
Laissez, laissez l'impie, ardent en son courroux,
Couvrir de ses mépris votre simple éloquence.
Rempli du sentiment de la reconnaissance,
Tout Paris rassemblé, dans nos jours solemnels,
Tous les rangs confondus à l'ombre des autels,
Vous ont assez vengés de sa fureur jalouse.
Prêtres de Jésus-Christ, de sa fidèle épouse,
Proclamez de nouveau la doctrine et les lois;
Et bientôt ses enfans, dociles à sa voix,
Du vice terrassé fuyant la source impure,
Paieront de vos travaux le prix avec usure.

Né libre et sorti pur des mains du Créateur,
L'homme pouvait prétendre au souverain bonheur.
Au mépris des décrets de son maître suprême,
Il écouta l'orgueil et se perdit lui-même.
Mais Dieu, quoiqu'outragé par un crime aussi noir,
Ne l'abandonna point et lui fit entrevoir
Ce fruit du chaste sein d'une Vierge féconde,
Qui devait naître un jour pour le salut du monde.

Déchu de sa grandeur et sujet à la mort,
Adam nous entraîna dans son malheureux sort :

Et l'univers coupable en gémirait encore ,
Si le Christ, en naissant, enfin n'eût fait éclore
Ces beaux jours de salut qui nous étaient promis.
Il vint dès que les temps furent tous accomplis ;
Mais rejetant la foi des plus sacrés oracles ,
Et malgré tout l'éclat de ses divins miracles ,
Jésusalem ingrate et rebelle à la fois ,
De son libérateur a méconnu la voix.

Dès-lors Juda perdit son plus bel héritage ,
Et sur l'olivier franc, fut enté le sauvage.
Par le serpent d'airain au désert figuré ,
Dieu du peuple gentil qu'il avait attiré
Par sa mort généreuse assura la conquête.
Envain Rome éperdue excita la tempête
Dont, trois cents ans, l'Eglise éprouva les fureurs.
Rougissant à la fin de ses dieux imposteurs ,
De son Jupiter même elle a brisé l'idole,
Et des drapeaux du Christ orné le capitole.

C'était peu que le Tibre eût coulé sous sa loi ,
Plus loin devait briller le flambeau de la foi.
Sa lumière divine écartant les nuages ,
De la Seine , à son tour, éclaira les rivages.
Clovis, le grand Clovis abjura ses faux dieux;
Et courbant sous le joug son front victorieux,
Il y trouva bientôt cet appui redoutable
Qui rend de tous les Rois le trône inébranlable.

Honneur ! honneur à toi sainte religion

Qui désarmas enfin la superstition,
Qui, d'oracles sanglans dévoilant l'imposture,
Appris à respecter les droits de la nature.
Hélas chez nous encor, sans ton puissant secours,
L'innocence au berceau tremblerait pour ses jours?

Si l'homme a des vertus, c'est toi qui les inspires;
S'il éprouve un malheur, c'est toi qui l'en retires.
Le soir, quel voyageur de sa route écarté
As-tu privé jamais de l'hospitalité?

Lorsque le Saint-Sépulcre, arrosé de vos larmes,
Fut confié jadis au pouvoir de vos armes,
Qui mieux que vous, au rang des plus braves guerriers,
A rempli ce devoir, illustres chevaliers!
Quoiqu'au sein de la paix et loin des infidèles,
Au chrétien dans Paris vous servez de modèles.

Le peuple franc dormait à l'ombre de la mort:
Du salut au réveil il découvrit le port.
Nos Rois, après Clovis, adorant nos mystères,
L'y maintinrent fidèle à la foi de nos pères.
Aux jours de nos malheurs, comment a-t-il enfin
Des premières vertus oublié le chemin?
Quel génie infernal, lui déguisant son crime,
Des révolutions l'a plongé dans l'abîme?
Et dans son cœur ingrat, éteint tout à la fois
Son respect pour son Dieu, son amour pour ses Rois?
Des sophistes du temps, ah! suivez la doctrine:
Et de nos maux après demandez l'origine.

Source de la justice et de la vérité,
Celui qui remplit tout par son immensité,
Dont, au premier des jours, la parole féconde
Sans effort du néant a fait jaillir le monde,
Oui, Dieu qui nous appelle à l'immortalité,
Pèse nos actions au poids de l'équité.
Il grave d'une main les crimes de la terre,
Et de l'autre il retient ou lance le tonnerre.
Du faible qu'on opprime il prend en main les droits,
Et punit tôt ou tard le mépris de ses lois.
En puissant souverain, maître de la nature,
Il défend l'adultère, abhorre le parjure.
C'est par lui qu'est réglé le destin des combats.
Son bras puissant élève ou détruit les Etats.
Tout prince sur la terre est son auguste image,
Et qui peut l'offenser à Dieu fait un outrage.
Mais si, dans sa fureur, il n'a point éclaté,
C'est que pour se venger il a l'éternité.

Dans ces jours malheureux où la philosophie
Voulait tout asservir à son mauvais génie,
Quel succès auraient eu de semblables leçons?
D'une doctrine fausse enivrés des poisons
Les Français corrompus dès le printemps de l'âge,
Avaient de la raison abandonné l'usage.

Au-dessus, disaient-ils, avec nos érudits,
Au-dessus du vulgaire élevons nos esprits.
Désabusés enfin de nos vieilles chimères,
A leurs vaines terreurs abandonnons nos pères.

Dieu n'exista jamais : Et, dans tout l'univers,
La politique seule a creusé les enfers.
L'homme n'a rien à craindre : à son heure dernière,
Son être anéanti rentre dans la poussière.
De survivre au trépas, si nous n'avons l'espoir,
Eh ! qui donc de souffrir peut nous faire un devoir ?
Si du malheur enfin un de nous est victime,
De ses soupirs jaloux qui peut lui faire un crime ?
Du besoin qui l'oppresse, et les mène au tombeau,
Qui l'a pu condamner à porter le fardeau ?
Tous les biens sont communs : pour entrer en partage,
Il ne faut en nos mains qu'une arme et du courage.
Trop long-temps usurpés, ah ! recouvrons nos droits.
Est-ce à nous à souffrir la tutelle des Rois ?
Brisons nos fers : aux pieds foulons le diadême;
Pour nous l'indépendance est le seul bien suprême.

Ainsi de sang et d'or tout un peuple altéré,
Par nos écrits pervers fut bientôt égaré.
Et qui n'a pas encor présens à la mémoire,
Ces faits déjà livrés au burin de l'histoire ?

Vainement confiés à la garde des lois,
Ici, dans Orléans, périrent à la fois
Ces ôtages sacrés dont le noble martyre
Ne fit des factieux qu'augmenter le délire.
Là, dans le temple même, aux pieds du saint autel,
Où le Christ immolé s'offrait à l'Eternel,
Des bourreaux que ne put désarmer l'innocence,
Massacraient dans Paris nos prêtres sans défense.
Après tant de malheurs, heureux prédestinés,

De la main de Dieu même aujourd'hui couronnés,
Votre sang répandu criait alors vengeance,
Et c'est vous qui sur eux appeliez sa clémence!

Mais O crime! ô douleur! le plus digne des Rois
Vainement à l'abri sous l'égide des lois,
A son peuple en fureur vint demander justice;
Il fallait à ce monstre un sanglant sacrifice.
C'est en vain que Malsherbe et Tronchet réunis,
Partageant le danger, bravent ses ennemis.
C'est en vain que de Sèze, armé pour sa défense,
Fait briller au Sénat les traits de l'éloquence;
Non, rien ne put sauver le juste couronné!
Aux fureurs des partis il meurt abandonné.
A sa chûte, frappés d'une terreur profonde,
Nous vîmes chanceler tous les trônes du monde.

Ce dernier attentat une fois consommé,
Que ne fit point le peuple au crime accoutumé?
Insensible, dès-lors, au cri de la nature,
Pouvait-il épargner la vertu la plus pure,
Quand son image seule offensait ses regards?
Elisabeth! et vous la fille des Césars,
Comme le fruit qui cède aux rigueurs de l'automne,
Vous tombâtes bientôt sur les débris du trône.
Si Dieu n'eût détourné le fer des assassins,
L'orpheline du temple aurait eu les destins
De cet illustre enfant, né pour dicter des lois
Et dont le crime fut d'être du sang des Rois.

Ah! faut-il que depuis, en un jour trop funeste,

De celui des Condés Vincenne ait vu le reste
Versé par un forfait qu'ourdirent les enfers,
Et dont la nouveauté fit pâlir l'univers?

Mais la faux du trépas qui moissonna nos princes,
N'épargna ni Paris, ni ses vastes provinces.
Le pur sang des Français, qui coulait à grands flots,
Des fleuves irrités fit déborder les eaux.
Et leurs restes épars sur un triste rivage,
De la destruction n'offraient plus que l'image.
Des monstres furieux, vantant la liberté,
Venaient river nos fers dans la captivité.
Pour contraindre les grands à quitter la patrie,
Sous leurs toits embrâsés ils soufflaient l'incendie;
Et jaloux d'augmenter le nombre des proscrits,
Sur leur liste d'avance ils les avaient inscrits.
Mais qui peut déplorer ce coupable artifice,
Lorsque de Dieu lui-même ils bravaient la justice?

Hélas! qui n'a pas vu ces insensés mortels,
Adorant la raison, lui dresser des autels,
Et dans la folle ardeur d'une coupable ivresse,
Avec pompe y plaçer une impure déesse?

Encore, ô Dieu puissant, si, pour venger vos droits,
Un de vos prêtres saints eût élevé sa voix!
Mais les uns abattus gémissaient dans les chaînes;
Les autres dispersés en des plages lointaines,
De toutes les vertus en offrant le tableau,
Sous le poids du malheur y cherchaient un tombeau.

2

A les tyranniser tant de persévérance
Fut pourtant un bienfait qu'offrit la providence.
A l'abri du danger sur un sol généreux,
Dieu nous les réservait pour des temps plus heureux.

En Egypte, autrefois, c'est ainsi que Marie,
A son fils adorable a conservé la vie ;
Et que d'un Roi cruel la barbare fureur
Nous ménagea les dons du vrai libérateur ;
Tant, sans nous découvrir ses desseins magnanimes,
Souvent à leurs succès Dieu fait servir nos crimes.

Mais un dernier manquait pour combler nos malheurs.
Hélas ! il vint rouvrir la source de nos pleurs.
Du plus grand des Henri en nous montrant l'image,
Berri d'un règne heureux nous offrait le présage.
Du bonheur des Français l'athéisme jaloux
A Des larmes de sang vint nous condamner tous ;
Et le fer qui du prince a terminé la vie,
Dans un deuil éternel a plongé la patrie.

De tant d'horreurs, grand Dieu ! le triste souvenir,
A mon âme flétrie, arrache un long soupir.

Oui ! c'en est fait : la voix sur mes lèvres expire,
Et sous mes doigts tremblans va s'échapper ma lyre.
Jeunes vierges, venez, ah ! venez de mon cœur,
Par vos tendres accens, appaiser la douleur.
A ces tristes récits, qu'un autre enfin succède :
C'est assez de malheurs, montrons-en le remède.

CHANT II.

Arrivés triomphans au séjour de la gloire,
Et des maux d'ici-bas conservant la mémoire,
Les Saints offrent pour nous, dans un transport nouveau,
L'encens de la prière au trône de l'agneau.
Ce sont eux qui du ciel appaisent la colère.

Une Vierge célèbre et que Paris révère,
Qui de mille fléaux a su le garantir,
Sollicitait pour lui le don du repentir.

« A ce peuple long-temps à vos lois infidèle,
» O mon Dieu, pardonnez : faites grâce, dit-elle;
» Montrez-lui ses forfaits et leur énormité :
» De son cœur inconstant brisez la dureté :
» Et qu'aux pieds de la croix, que blasphème l'impie,
» En mourant de douleur, il retrouve la vie ! »

Du rénumérateur de toutes les vertus,
Geneviève jamais n'eut à craindre un refus.
« Allez, dit l'Eternel, sensible à sa prière,
» A votre peuple ingrat reporter ma lumière.
» Pour défendre mes droits armez la vérité.
» S'il ne revient à moi dans la sincérité,
» Du vin de ma fureur, versé dans ma justice,

» Je lui ferai bientôt épuiser le calice. »

A ces mots, de son Dieu, le cœur brûlant d'amour,
La Vierge s'inclinant quitte l'heureux séjour.
Plus prompte que l'éclair, au milieu de l'orage,
De la Seine bientôt, elle touche au rivage;
Et s'ouvrant une route, à travers le zéphir,
Elle aborde Paris, objet de son désir.

A plus d'un vrai pasteur, souvent dans son église,
Du troupeau trop nombreux la garde fut commise.
Dans la route des Saints, pour le conduire alors,
Deux prélats vertueux unissaient leurs efforts.
Plein d'un juste mépris pour une pompe vaine,
L'un marchait, à regret, sous la pourpre romaine.
L'autre, modèle heureux de la simplicité,
Attirait tous les cœurs par son aménité.

Au premier, que déjà courbait le poids de l'âge,
Geneviève voulant révéler son message,
D'un songe, dans la nuit, emprunta le miroir :
Sur la nature même, usant de son pouvoir,
Elle apparut soudain au milieu du silence.

Sur son paisible front éclatait l'innocence;
On voyait à ses pieds reposer un agneau:
Et vers elle avançait le reste du troupeau.
« Celui-ci m'est soumis, dit l'auguste bergère,
» S'il s'écarte un moment sur la verte fougère,
» Il revient sur mes pas, au seul son de ma voix.
» Pourquoi le vôtre, hélas! méconnait-il vos lois?

» Et pourquoi, si long-temps indocile et volage
» A-t-il abandonné le sacré paturage?
» Vers celui qui l'attend, pour hâter son retour,
» Prélat, n'attendez pas, jusqu'au déclin du jour.
» C'est le Dieu trois fois saint qui bénit et pardonne,
» C'est le Dieu tout-puissant, oui c'est lui qui l'ordonne.
» Mais apprenez ici toute sa volonté.
» Non, ce n'est point par vous que sera visité,
» Ce troupeau qu'il commit à vos mains paternelles.
» Dans peu, doivent s'ouvrir les portes éternelles
» De cet heureux séjour qu'habitent les élus,
» Et vous y recevrez le prix de vos vertus.
» Mais du fils de Jessé suivez le noble exemple;
» Il a tout rassemblé pour construire le temple,
» lorsque de l'élever, par ordre du Seigneur,
» A l'héritier du trône il réserva l'honneur.
» Dans les travaux nombreux, le zèle et le courage
» N'offrent qu'un vain appui sous les glaces de l'âge.
» Mais Quélen, jeune encor, en son apostolat,
» Peut sortir en vainqueur d'un généreux combat:
» Laissez-en l'entreprise à sa douce éloquence;
» S'il ramène le peuple, il sauvera la France.
» Pour entraver sa marche et ses efforts divers,
» Mille démons armés sortiront des enfers.
» Mais qui défend son Dieu, qui combat pour sa gloire,
» Peut-il un seul instant douter de la victoire? »
Elle dit: et traçant un sillon lumineux,
La Sainte disparaît sur la route des cieux.

De ce songe divin à peine la merveille,
En dessillant ses yeux, ont frappé son oreille,
Que soumettant à Dieu sa propre volonté,
Le vieillard obéit à la divinité :
Il s'immola, dès-lors, au salut de ses frères,
Et depuis s'endormit dans le sein de ses pères.

Emportant nos regrets, au-delà du tombeau,
A son coadjuteur il légua son fardeau.
Et celui-ci, jaloux, de sauver l'héritage,
En confia le soin à la main douce et sage
De ces vrais moissonneurs qui pour nous, tour à tour,
Sur un terrain ingrat, portent le poids du jour.

Si, cultivé par eux, on y trouve la vie,
Que ne vous devra point mon heureuse patrie,
Rausan, Janson, Menou; vous aussi Mesnildot
Qui, n'aguères encor, victime d'un complot,
Pouviez périr atteint de la main d'un barbare ?
De quel prix est pour nous votre éloquence rare,
Jeune et zélé Cailleau, qui dédaignez les fleurs;
Et vous qui n'aspirez qu'à triompher des cœurs;
Oui, vous tous dont le nom échappe à ma mémoire,
Mais n'en fera pas moins l'ornement de l'histoire.

Pour l'œuvre du salut, tout enfin préparé,
De son nouveau troupeau le pasteur adoré,
Dans Saint-Etienne, à peine avait ouvert la lice,
Que, déjà désarmé, Dieu se montrait propice.
Tout annonça, dès-lors, que Paris, sans retour,

Renoncerait bientôt aux maximes du jour,
Et qu'enfin soulevant le poids de ses misères,
Il chercherait la paix au sein de nos mystères;

De tous les malheureux juste et dernier espoir,
Une religion qui nous fait un devoir
De respecter les droits de l'autel et du trône
Qui défend la révolte et commande l'aumône,
Qui, condamnant le vol, comme la trahison,
Soumet au Créateur notre faible raison,
Cette religion, de céleste origine,
A vu, dans tous les temps, combattre sa doctrine.

Comment n'eût-elle point alarmé ces esprits
Qui, pleins d'un fol orgueil, d'impiété nourris,
En trempant dans le fiel leur plume trop féconde,
Veulent émanciper tous les peuples du monde?
Comment n'eût-elle point, par ses propres succès,
De leur emportement redoublé les accès?

Mais pour mieux éluder le pouvoir de ses charmes,
De la séduction on emprunta les armes.

Au centre de Paris, est un repaire affreux,
Des ennemis du trône asile dangereux,
Soupirail de l'enfer, à ses clartés funèbres,
On ne peut qu'avec peine en percer les ténèbres.
C'est là que nuit et jour, de trop-coupables mains,
De tous les rois trahis balançant les destins,
Attisent sourdement les feux de l'incendie.

C'est de là que du mal le trop puissant génie
De tout gouvernement en brisant le ressort,
A dicté, sans pitié, tous ces arrêts de mort,
Qui du sang le plus pur ont inondé la terre.
Oui, là fut déchaîné ce démon de la guerre
Qui, dans l'Espagne en feu ranimant les combats,
De son monarque aux fers, déchire les états.

Sortis secrètement de leur antre sauvage,
Ces monstres furieux poussaient des cris de rage,
Et d'un mensonge adroit, empruntant le secours.
A la foule abusée ils tinrent ce discours :

« Eh ! quoi donc, arrivés au siècle des lumières,
» Souffrirez-vous long-temps ces étranges bannières
» Qui, frappant les regards d'un éclat emprunté,
» n'en sauraient imposer qu'à la stupidité ?
» De leurs nobles projets à la simple nature,
» De vos prêtres enfin connaissez l'imposture.

» De la religion s'ils nous vantent les lois ;
» Du Dieu qu'ils ont forgé si, proclamant les droits,
» Ils le montrent, sans cesse, armé par la justice ;
» Ce n'est que pour servir leur infâme avarice.
» Eh ! que leur font le ciel et la divinité ?
» Nous en parleraient-ils, si la cupidité
» n'y trouvait un moyen d'établir leur empire ?
» Peu touché de vos maux, chacun d'eux ne soupire
» Qu'après cet heureux jour où nos législateurs
» Etourdis ou lassés d'importunes clameurs,

» Vous priveront, pour eux, du si juste avantage
» De cueillir, seuls, les fruits d'un antique héritage.
» A ce prix, dérobant l'encens de leurs autels,
» Ils iront tous l'offrir aux derniers des mortels.
» Voulez-vous donc, courbant le front avec bassesse,
» Caresser avec eux l'orgueil de la noblesse,
» Et fiers de l'esclavage, aux pieds de vos égaux,
» En reprendre le joug sous les droits féodaux?

A ce magique mot, à ce mot d'esclavage,
Privé d'expérience, au printemps de son âge,
Quel Français abusé pouvait ne pas frémir,
Au perfide tableau d'un semblable avenir?

Aussi de ce discours la malice traîtresse
Exaspéra bientôt une ardente jeunesse,
Qui, sans en soupçonner le dangereux poison,
Servait des factieux la noire trahison.

D'un prince très-chrétien sous les heureux auspices,
On suivait dans Paris nos pieux exercices,
Et de la mission les zélés orateurs
An Christ abandonné ramenaient les pécheurs.

Quêlen, dans un discours éloquent et facile,
Leur avait, le premier, armé de l'évangile,
D'un repentir utile indiqué le chemin.
Et comme Josué, sur les bords du Jourdain,
Il semblait, en pasteur, dirigeant son église,
Mener tout Israël vers la terre promise.

3

Ce rapide succès paraissait allarmer :
On ne le put souffrir : il fallut le troubler.

De nos lois la plupart, étrangèrs à l'école,
Et d'ennemis secrets guidés par la boussole,
De jeunes imprudens, en groupe réunis,
Des temples tout-à-coup, franchissent les parvis.
On les voit se mêlant à nos vierges pudiques,
Troubler insolemment le chant de leurs cantiques.
Et de nos livres saints avec témérité
Démentir hautement l'auguste vérité.

Mais de nos passions, jusqu'où va le délire,
Quand le cœur s'abandonne à leur aveugle empire !
Aux marches de l'autel, des femmes sans pudeur,
De Dieu même outrageant l'ineffable grandeur,
Saus l'ombre de respect pour les plus saintes âmes,
En étouffaient la voix par des chansons infâmes !

Ainsi, dans un orage, en un jour nébuleux,
L'eau sale qui croupit sur un terrain fangueux,
En se précipitant des collines lointaines,
Se mêle avec fracas au cristal des fontaines.

On fit plus : du Seigneur profanant la maison,
dans l'ombre on l'infecta d'un fœtide poison,
Et l'enfer du salpêtre, en embrâsant la poudre,
Osa nous menacer des éclats de la foudre,
Quand aux pieds des autels, nous élevions la voix,
Pour demander à Dieu le salut de nos rois.

O ! de la liberté, bien étranges apôtres,
Ils voulaient en jouir, mais en priver les autres!

Qui concevra jamais de pareils ennemis!
Ils osaient nuit et jour invoquer à grands cris,
La charte, de nos droits base fondamentale.
Et du mépris pour elle, affichant le scandale,
Dans un désordre affreux, sans raison et sans foi,
Ils foulaient à leurs pieds les tables de la loi.

Mais c'était peu pour eux d'imiter le tonnerre,
Il leur fallait du sang pour en rougir la terre.
Oui! puisqu'il faut le dire, un cruel assassin,
Du débris d'une pierre alors arma sa main,
Et près des saints autels, en cherchant sa victime,
Il tenta, mais en vain, de consommer son crime.

Du pontife lui-même il en voulait aux jours:
Dieu qui pour nous alors en ménageait le cours,
Trompa d'un cœur si bas la cruelle espérance.
Mais au sein du danger resté plein d'assurance,
Mesnildot eût péri sous le coup abattu,
Si le ciel à nos vœux ne l'eût enfin rendu. (1).

---

(1) Selon toute apparence, c'était à M. De Quélen, archévêque de Paris, que l'assaillant en voulait particulièrement. Mais l'instrument de son crime, mal dirigé, ne put l'atteindre et fut frapper M. Du Mesnildot qui en fut grièvement blessé; néanmoins, tant le zèle de la religion donne de courage et de présence d'esprit, celui-ci n'en fut point troublé, et recueillant toutes ses forces, il sortit seul de l'Eglise des petits pères, où cette scène scandaleuse arriva, et après avoir gagné péniblement son domicile, il y est resté long-temps dans un état assez critique pour qu'on désespérât de ses jours.

Mais à Dieu comme au roi nos légions fidèles
Ont enfin dispersé tous ces jeunes rebelles,
Dont plus d'un aujourd'hui, déplore amèrement
Les jours infortunés de son aveuglement.

A ces indignités qu'on a peine à comprendre,
Dans un état chrétien qui donc pouvait s'attendre!
Mais puisqu'ils sont vaincus ces obstacles affreux,
Terminons, il est temps, leur récit douloureux.
Et de la mission contemplant la victoire,
Hâtons-nous d'arriver aux beaux jours de sa gloire.

CHANT III.

Au-dessus de Boulogne, et non loin de Surène,
Est un mont renommé qui domine la Seine.
Sur le cep jaunissant, la pourpre des raisins,
Dans l'arrière saison, en borde les chemins.
Du sommet qui s'incline à distance inégale,
On découvre Saint-Cloud avec la capitale;
Et l'horizon sans borne, aux regards enchantés,
Y présente à la fois mille et mille beautés.
Deux fois par an, le peuple honorant l'hermitage,
Sur son roc escarpé monte en pelérinage.
L'orphéline du temple oubliant les grandeurs,
Y vient aussi deux fois l'arroser de ses pleurs.
Sous un ombrage frais, assez près du Calvaire,
Y réside en tout temps un saint missionnaire.
C'est là que d'un orage évitant le danger,
Pour trouver un abri, vint un jeune étranger.

Signalé dans les rangs de la foule insensée,
Qui des parvis sacrés fut enfin repoussée;

Et redontant l'honneur de la captivité,
De Paris, par prudence, il s'était écarté.
Dans ses mauvais desseins abondait-il encore?
Et quel était son nom, son pays? je l'ignore.
Mais on n'en peut douter; ce fut la main de Dieu
Qui conduisit ses pas vers ce paisible lieu.
Suivant de nos guerriers la noble destinée,
Il arrivait à peine à sa vingtième année.
D'un esprit cultivé s'il montrait l'ornement,
Des préjugés affreux gâtaient son jugement.

Dans les plaines de l'air, précurseurs de l'orage,
Les autans de poussière élevant un nuage
Avaient du plus beau jour éclipsé le flambeau.
Le tonnerre grondait sur un déluge d'eau.
Et des flots écumeux la chute et le murmure,
Semblaient dans le cahos replonger la nature.

« Dans vos bois égaré, peut-être imprudemment,
» Permettez qu'en ce lieu je respire un moment,
» Dit le jeune étranger au pieux solitaire.

» Venez, dit celui-ci, venez mon jeune frère,
» Sous ce paisible toît prendre quelque repos.
» De son semblable heureux qui partageant les maux,
» Aide à le consoler dans cette courte vie,
» Dont la route, mon fils, n'est pas toujours fleurie! »

Après ces mots flatteurs, et sans plus discourir,
Il lui présente un fruit propre à le rafraîchir.

L'absence de tout vent, sous la voûte éthérée,

De l'orage long-temps prolongea la durée ;
Et d'une épaisse nuit l'épouvantable horreur,
Jusques au lendemain retint le voyageur.
Le ciel était plus calme, et la voix du tonnerre
Laissait enfin en paix les échos de la terre,
Quand l'aurore annonçant le retour du soleil,
Vint du jeune étranger éclairer le réveil.

Loin du bruit importun qui fatigue la ville,
Étonné de se voir dans ce modeste azile,
Il en considérait l'ordre et l'arrangement,
Quand à ses yeux surpris s'offrit en ce moment
Ce conseil dont la mort, à notre heure fatale,
Nous découvre trop tard la sublime morale.

« *Quels que soient tes destins*,
« *Si de l'homme ici bas tous les projets sont vains*,
« *Ne t'arrête qu'à Dieu : maître de la nature*,
« *Lui seul est des vrais biens la source la plus pure.*
« *Docile à ses leçons cherche la vérité*,
« *Et n'attends point que sa vive lumière*,
« *De la nuit du tombeau perçant l'obscurité*,
« *Vainement blesse ta paupière*
« *Aux portes de l'éternité.*

« L'éternité, dit-il, quelle vaine chimère !
« Dites, au fond du cœur, y croyez-vous, mon père ?
» Du bonheur des humains tous vos prêtres jaloux,
» Partout d'un Dieu vengeur nous peignent le courroux.
» Mais contre leur discours la raison nous rassure,

» Et tout homme sensé ne voit que la nature.

» Mon fils, oh! mon cher fils, reprit l'homme de Dieu,
» Quel sein t'a donc nourri! Dans quel étrange lieu
» Aurais-tu donc appris à vomir le blasphême?
» A ce système affreux peux-tu croire toi-même?
» De la nature en tout éclate la grandeur,
» Mais, s'il faut l'admirer, c'est dans son créateur.
» Qui donc à ses bienfaits ne le reconnaît pas?
» Aux bords de l'Océan, malheureux, suis mes pas;
» Des portes du matin vois jaillir sa lumière,
» Et dis-moi, si tu crois qu'une aveugle matière
» ait jamais pu former l'astre brillant du jour
» Et qu'un autre qu'un Dieu préside à son retour?
» De la nuit le hasard a-t-il ourdi les voiles,
» Et réglé dans leur cours la marche des étoiles?
» La terre, tous les ans, te prodigue ses dons.
» En cueillant à loisir, dans l'ordre des saisons,
» Et les fleurs du printemps et les fruits de l'automne,
» Tu repousses, ingrat, la main qui te les donne!
» Mais de tes préjugés, pour sentir les écarts,
» Un moment sur toi-même arrête tes regards.

» Au premier des humains qui donna la naissance!
» Et toi-même de qui tiens-tu l'intelligence?
» Sans le secours des sens et l'organe des yeux,
» Tu t'élèves par elle à la hauteur des cieux
« Et peux d'ici bas même en contempler la gloire.
» Dis-moi, qui du passé t'a donné la mémoire,

» Dans le cœur du coupable a jeté les remords,
» Et de ta propre vie entretient les ressorts?
» Ah! si l'orgueil ici ne te contraint à feindre,
» Dans ton aveuglement que je te trouve à plaindre!

» Forcé d'abandonner un système aussi vain,
» Je veux, dit l'étranger, qu'un Etre souverain,
» Dans les temps primitifs ait créé la nature.
» L'homme qui réfléchit en devra-t-il conclure
» Qu'il lui doit en tous lieux un culte et des autels?
» Que sommes-nous pour lui, misérables mortels!
» Elevé sur un trône au-dessus des nuages,
» Peut-il être jaloux de nos faibles hommages?
» Ah! des pauvres humains il est trop au-dessus,
» Pour en punir le crime ou priser les vertus?

» Mais, dit le solitaire; avec indifférence,
» Un père t'aurait-il délaissé dès l'enfance?
» Et si tu lui survis, dis-moi, jusqu'à sa mort,
» Ne s'est-il donc jamais occupé de ton sort?
» Mais, à t'en croire, un Dieu de ses bontés avare,
» N'aurait pour ses enfans que l'âme d'un barbare!
» Le crime impunément serait donc couronné,
» Et le juste au méchant toujours abandonné?

» S'il en doit être ainsi, comment peut la justice
» De l'assassin lui-même ordonner le supplice?
» Avec cette doctrine il n'est plus d'attentats;
» Elle seule armera la main des scélérats;
» Et l'Etat, sans soutien et privé d'harmonie,

» Périra sous les coups d'une aveugle anarchie.

» Allons plus loin, mon fils; de l'auteur de ses jours
» Si le pauvre ne peut attendre aucun secours,
» Quand son corps épuisé sous les glaces frissonne,
» Quand l'univers entier le fuit ou l'abandonne,
» Sur son esprit troublé la raison, sans pouvoir,
» Ne le saurait sauver du dernier désespoir.
» Mais, s'il peut vers le Ciel tourner ses espérances,
» Il sent diminuer le poids de ses souffrances;
» Et se trouvant plus calme au moment de la mort,
» Dans le sein de son Dieu le malheureux s'endort.
» Eh bien, dit l'étranger., j'admets qu'un misérable
» En Dieu puisse trouver un appui secourable,
» Et que chacun de nous, sondant son propre cœur,
» Doive par un hommage honorer sa grandeur;
» Dans la diversité de doctrine et de lois
» Qui pourra sûrement nous guider dans le choix?

» Le pieux musulman à Médine s'arrête,
» Et me presse avec lui d'honorer son prophête.
» Mais comme un vrai brigand le Chrétien le proscrit,
» Et sur l'arbre sacré me montre en Jésus-Christ
» Un Sauveur généreux que l'univers adore.
» Après lui, cependant, le Juif aspire encore,
» Et dit que dans les temps, vainement attendu,
» A ses vœux les plus chers il ne s'est point rendu.
» Suivrai-je avec Luther la réforme nouvelle?
» Calvin va contester la présence réelle.

» Que le premier admet au divin Sacrement.
» Et si je veux enfin sur quelque fondement
» Admettre leur système et croire un Dieu fait homme,
» Prendrai-je le parti de Genève ou de Rome ?
» Pour se défendre, l'une a de fiers léopards ;
» Sous l'empire des lys, l'autre a de bons remparts :
» Mais pourront-ils tenir et braver la puissance
» Des justes ennemis de son intolérance?
» De l'univers entier Rome aspire au tribut,
» A l'en croire, loin d'elle il n'est point de salut.

» Eh quoi! dans tous les temps, ami de la justice,
» Et des autres vertus dans le noble exercice,
» J'aurais vu prolonger la trame de mes jours!
» A l'instant où la mort en finira le cours,
» Partageant les destins des âmes criminelles,
» Il me faudrait tomber et périr avec elles!
» A soutenir ses droits, Dieu même intéressé,
» N'a pu dicter un mot de ce dogme insensé.
» Du culte des mortels que fait la différence ?
» Il en reçoit les vœux, s'il en voit l'innocence.

» Mais, dit le solitaire, en l'arrêtant ici,
» A ton système étrange as-tu bien réfléchi ?

» Le puissant roi des cieux que j'adore et que j'aime,
» Est un être parfait et la vérité même.
» Dans ses plans éternels, juste et sage à la fois,
» A l'homme sur la terre, en imposant des lois,

» Il n'a pu demander qu'un encens légitime.
» On ne peut donc jamais l'honorer par un crime.
» Si tout culte pourtant, lui plaît également,
» Au temple de Vénus, encore innocemment,
» Une vierge peut donc offrir, dans sa foiblesse,
» Un sacrifice infâme aux pieds de la déesse.
» Et dans le sein d'un fils qui repose au berceau,
» Le sauvage, sans crainte, enfoncer le couteau !
» Que son cœur en murmure ou dispute l'offrande,
» Il croit la lui devoir quand son Dieu la demande.
» Et l'Être souverain, lui qui, dans sa bonté,
» Au rang de nos devoirs a mis l'humanité,
» N'aurait pas en horreur un détestable hommage
» Qui blesse la raison et détruit son image ?
» Quel monarque sensé prétendrai tà la fois
» Que son peuple suivît et méprisât ses lois ?
» Et la sagesse même, à ce point en délire,
» Dans ses décrets ainsi pourrait se contredire !
» Si pour elle en tout temps, Rome eut la vérité,
» Qui méprise sa route ou s'en est écarté,
» Ne pouvant de son port réclamer l'avantage,
» Loin d'elle ne saurait éviter le naufrage.
» Son malheur est affreux. Mais à qui l'imputer ?
» S'il eût suivi la voie, il pouvait l'éviter.
» Peut-on franchir l'abîme ouvert dans la carrière,
» Quand, au sein de la nuit, on marche sans lumière ?

» Celle de l'Esprit Saint jusqu'au dernier des jours,
» Dieu même l'a permis, nous guidera toujours.

» Et quand d'un tel garant l'assistance est promise,
» Qui pourrait suspecter la foi de son Eglise ?
» Quel autre appui veux-tu dans le culte romain ?

« Prévenu contre lui, tu t'allarmes en vain
» De la juste rigueur de son intolérance.
» A-t-il, en aucun temps, laissé sans espérance
» L'étranger éloigné du flambeau de la foi ?
» Eh qui donc, en tous lieux, n'entend pas, dis-le-moi,
» Ce cri toujours perçant de la loi naturelle ?
» A ses commandemens, s'il est resté fidèle,
» Il ne saurait périr. Le Dieu de l'Univers
» Suit d'un œil indulgent l'Africain aux déserts.
» Hélas ! dans ses arrêts, sans doute, il est terrible ;
» Mais, juste, il lui pardonne une erreur invincible.
» Ainsi le veut toujours sa divine bonté.
» Dans toute sa rigueur, oui, l'oracle est porté ;
» Mais loin de tout secours, l'idolâtre lui-même,
» S'il n'a pu le connaître, échappe à l'anathême.

» Telle est notre doctrine : on ne peut le nier.
» En parler autrement, c'est nous calomnier.

» S'il est un culte faux, quelle haute imprudence
» D'adopter l'un ou l'autre avec indifférence.
» Avant d'en choisir un, si tu crains son poison
» Dans le calme des sens consulte ta raison.
» La prudence le veut : écoute son langage.
» Il fut dans tous les temps la boussole du sage.
» Crois-tu qu'il te dira, par un zèle indiscret,

» D'abandonner le Christ pour suivre Mahomet?

» Si ce dernier, cachant sa grossière origine,
» Nous eût au moins prouvé sa mission divine;
» Il eût, avec succès et sans témérité,
» Pu de son paradis prêcher la volupté.
» Mais lui-même énerva sa nouvelle croyance,
» Lui donnant pour appui le glaive et l'ignorance.

» Dieu jamais usa-t-il d'un semblable moyen,
» Quand il vint établir la foi du vrai Chrétien?

» Remonte, si tu veux, à sa source féconde,
» Tu la verras jaillir sous le berceau du monde.
» Quel prosélite ainsi, dans la sincérité,
» De son culte pourrait vanter l'antiquité?

» Avec le temps, jadis le nôtre a pris naissance.
» Et tout de son auteur a montré la puissance.
» Plein de ses vanités que le juif orgueilleux
» Ait méprisé son roi qui descendait des Cieux!
» Que toujours animé de folles espérances,
» Il ne l'ait point connu sous le poids des souffrances;
» De son aveuglement, ah! plaignons le malheur!
» Comment n'a-t-il pas vu cet homme de douleur,
» Déjà depuis long-temps prédit par Isaïe,
» Et dont aussi David avait peint l'agonie?
» Judas ne régnoit plus; et tombé de ses manis;
» Le sceptre étant remis en celles des Romains;
» La naissance du Christ n'était plus incertaine.

» De Daniel alors la dernière semaine
» En offrait le prodige aux yeux de l'Univers.
» Si, vainqueur à la fois du monde et des enfers
» Il a montré sa gloire aux peuples de l'aurore,
» Israël aujourd'hui ne peut l'attendre encore.

» Mais suis-moi : la Tamise et la Seine autrefois
» Coulaient également sous les paisibles lois
» Des pieux successeurs du premier des Apôtres.
» Sous le même étendard alors avec les nôtres,
» Les prêtres anglicans, dans une sainte ardeur,
» De Rome soutenaient et les droits et l'honneur.
» Et dans ces temps heureux, Londre à sa voix soumise,
» Par la foi la plus pure illustrait son église.
» Mais qui n'en gémirait ? Hélas ! de ces beaux jours
» L'orgueil et l'adultère ont arrêté le cours.
» De Rome méprisant l'autorité suprême ;
» Henri dans ses fureurs en brava l'anathême.
» Et le peuple inconstant, comme son Souverain,
» Marchant sous les drapeaux de Luther et Calvin,
» Dans son aveuglement embrassa la réforme.

» Au poids de la raison pèse ce crime énorme.
» Et pour le bien juger, de ces deux novateurs
» Considère à loisir la conduite et les mœurs.
» L'un, outré de dépit, pour une préférence,
» Par ce chisme éclatant assouvit sa vengeance.
» D'une Vierge, au mépris de ses vœux solennels,
» L'autre ose la ravir au culte des Autels ;

» Et foulant à ses pieds ses vœux et la morale
» D'un hymen sacrilége il offre le scandale.

» Tels sont les saints docteurs dont l'oracle divin
» Devait conduire au Ciel par un nouveau chemin.
» Tels sont les fondateurs de la sublime Eglise,
» Dont aujourd'hui le dogme en sectes la divise.

» Chez elle l'Evangile assez peu respecté,
» Au gré de tout Chrétien peut être interprêté.
» De l'esprit de Dieu même écartant la lumière,
» La sienne lui suffit : il croit à sa manière.
» Que la raison ou non lui prête son secours,
» Dans l'obscurité même il peut marcher toujours.
» Dans ses doutes en vain, l'Eglise universelle
» Offrirait un soutien ; il peut aller sans elle.
» Aussi le protestant, dans ses illusions,
» A peine peut nombrer ses variations.
» C'est ainsi qu'il bâtit sur un sol en ruine,
» Et flotte, à tous les vents, de doctrine en doctrine
» Dis, comment chacun d'eux dans sa secte entêté,
» Peut-il donc se vanter d'avoir la vérité ?
» Si, pour la découvrir, leurs vœux étaient sincères,
» Qu'ils reviendraient bientôt à la foi de leurs Pères !

» De ces frères errans attendons le retour.
» Qui le sait ! Dieu peut-être en prépare le jour.
» Plus j'en vois, parmi nous, d'étrangers à la France,
» Plus, au fond de mon cœur, j'en goûte l'espérance.

« Puissent-ils, revenus d'une trop longue erreur,
« Ecouter avec nous la voix du vrai pasteur ?

« Je l'ai vu, ce Pontife, en un temps difficile,
« Soutenir dans Paris les droits de l'Evangile.
« Si l'orgueil d'un tyran l'y retint dans les fers,
« Nos soupirs l'ont vengé des maux qu'il a soufferts.
« Ses vertus l'élevant au-dessus de l'offense,
« Sur le roc immobile ont assis sa puissance.
« Respecte-la, mon fils, dans la soumission.

« Si tu veux échapper à la séduction,
« De tous ces novateurs saisis le caractère.
« Mahomet, tu l'as vu, n'était qu'un imposteur,
« Le juif un insensé, dans son rêve enchanteur,
« Et Luther et Calvin à l'église infidèles,
« Dans son sein déchiré n'étaient que des rebelles,
« Dont la fausse doctrine eût péri mille fois,
« Si, torturant le sens et l'esprit de ses lois,
« Tous deux n'avaient des mœurs enhardi la licence,
« Et dans le sacrement de l'humble pénitence,
« Epargnant au coupable un aveu douloureux,
« Ne l'avaient affranchi de son joug rigoureux.

« Du Catholique ici, reconnais l'avantage ;
« Rome seule triomphe, écoute son langage.

De ce docte ministre attentif aux raisons,

5

L'étranger commençait à goûter les leçons,
Quand le devoir sacré du plus saint ministère
A le quitter soudain força le solitaire.
Déjà l'enfant de Mars cherchant la vérité
Vers elle, dès long-temps, se trouvait entraîné.
Mais un nuage épais la dérobait encore :
Et son œil inquiet n'envoyait que l'aurore.
Aussi le verrons-nous, intrépide soldat,
A ses nouveaux périls, revenir au combat.

CHANT IV.

L'ÉTUDE, de nos jours, distingue la jeunesse
De ses adulateurs, si l'on croit à l'ivresse,
Le grand siècle d'Auguste en eût été jaloux,
Et le nôtre devrait tomber à ses genoux.
Peu touché de l'éclat d'un si nouveau prodige,
Il est plus d'un Français qui gémit et s'afflige
De la voir, étrangère aux plus doux sentimens,
De la société sapper les fondemens;
Et, dans l'enfantement de projets politiques,
Couvrir le monde entier de folles républiques.
D'entre elle le dernier de lui-même amoureux,
Souvent jetant sur nous un regard dédaigneux,
Croit, dans son fol orgueil, égaler ce grand homme
Dont l'heureux consulat fit le salut de Rome.
Hélas! suivant Voltaire ou Rousseau pas à pas,
Dans son aveuglement, l'insensé ne voit pas
Qu'il combat, sans pudeur, d'austères vérités
Par de vains arguments, mille fois réfutés.

Eh ! qui donc aujourd'hui de la sainte Ecriture
Au foyer paternel écoute la lecture,
Et sentant le besoin d'honorer nos vieux ans,
Se lève, par respect, devant les cheveux blancs !

Mais imprudents censeurs, par un zèle sauvage,
N'allons pas sans retour condamner le bel âge :
Par la séduction plus d'un cœur attiré,
A gémi de l'erreur qui l'avait égaré.
De la vertu mourante une seule étincelle
Peut l'embrâser encor d'une ardeur éternelle.
De nos jours on en vit plus d'un exemple heureux.
Qui nous a consolés dans ces temps douloureux.
D'en revoir un nouveau sur le mont du calvaire
L'espérance luisait au cœur du solitaire,
Qui, voulant l'éclairer sur son pressant danger,
S'était déjà rendu près du jeune étranger.

Celui-ci, reprenant ce qu'il venait d'entendre,
« Mon père, à vos conseils j'aimerais à me rendre,
« Dit-il, à son retour, si je voyais enfin
« Dans le culte de Rome un ouvrage divin.
« Si j'en crois vos discours, c'est Dieu qui vous éclaire.
« Mais qui vous révéla ses lois et sa lumière ?
« Pour annoncer l'éclat de sa divinité
« Comment à vos regards s'est-il manifesté ?

« Comment, dit le saint prêtre ? écoute ses oracles,

« Et pèse la vertu de ses nombreux miracles.
« Des écrivains sacrés la modeste candeur
« De son sublime ouvrage a décélé l'auteur.
« Qui n'en reconnaît point la puissance adorable,
« Pourrait-il concevoir leur accord admirable ?
« Vois ces faits éclatans, qui dans l'un sont prédits !
« A la lettre dans l'autre on les trouve accomplis.
« Quelle main imprudente aurait pu les écrire ?
« Quel œil audacieux eût osé pour les lire
« Des siècles à venir percer l'obscurité ?
« Quel autre que celui qui de la vérité
« Sera dans tous les temps la source aimable et pure ;
« Oui, quel autre qu'un Dieu, maître de la nature,
« En pouvait arrêter ou suspendre les lois ?
« Dans la nuit des tombeaux fais entendre ta voix ;
« A l'aveugle étonné donne ou rends la lumière ;
« Du Soleil, si tu peux, va borner la carrière :
« Dans ses plaines d'azur attente à son repos ;
« De l'Océan qui gronde, entends mugir les flots,
« Et vois si tu pourras, éloigné des rivages,
« En dompter la colère au milieu des orages.

« Ces objets merveilleux, à nos yeux inconnus,
« Autrefois, diras-tu, quels témoins les ont vus ?
« Les plus dignes de foi, les plus dignes d'envie.
« Des hommes généreux qui, méprisant la vie,
« N'ont pu la conserver par une lâcheté.
« Et qui, pour soutenir la simple vérité

« Et proclamer d'un Dieu les merveilles sublimes,
« Ont été des bourreaux les augustes victimes.
« Dis-moi, pour attester un fait vague, incertain,
« Qui jamais eût osé, dans son zèle inhumain,
« De ses biens les plus doux faire le sacrifice,
« Et se livrer sans crainte aux horreurs d'un supplice?
« La nature est timide et frémit au danger :
« Croyons ou des témoins qui se font égorger.
« Et ne dis pas, mon fils, que la seule ignorance
« En leur âme avait mis une vaine espérance.
« Ce serait t'abuser : pour éviter l'erreur
« Considère les temps du vrai Libérateur.

« Depuis cet heureux jour, où de sa main féconde,
« Dieu du sombre cahos avait tiré le monde,
« Des longs siècles déjà le flux et le reflux
« Offraient mille printemps quatre fois révolus.
« Sésostris en Egypte avait montré sa gloire.
« De Cyrus, d'Alexandre on vantait la mémoire,
« Et de Jérusalem, au sein de ses grandeurs,
« David et Salomon éclairaient les docteurs.
« Athènes, des beaux arts l'école si chérie,
« Avait, sous Périclès, vu briller Aspasie,
« En dépit du portique, aux genoux de Platon,
« De Socrate elle avait dévoré la leçon.
« Mais laissons, et l'Egypte, et l'Asie et la Grèce;
« Et vois du monde entier l'orgueilleuse maîtresse;
« Oui, vois l'antique Rome et ses brillans destins,

« De l'éloquence ici le sceptre est dans ses mains.
« Là, de ses fictions tout un peuple idolâtre
« Pour applaudir Térence assiége son théâtre,
« Revois-la même encore ; après tous ses revers,
« Sous le joug de ses lois enchaîner l'univers.
« Dis quel siècle jamais, si tu veux être juste,
« Quel siècle eût plus d'éclat que le siècle d'Auguste !

« Mais quittons Rome, Athène ; et suis-moi maintenant
« Aux rives du Jourdain : Vois un homme étonnant,
« Qui du monde surpris médite la conquête.
« Sans asile, il ne sait où reposer sa tête.
« Il est trahi, battu, d'épines couronné ;
« Et c'est dans les tourmens qu'il meurt abandonné.
« Admire ici, mon fils : là, sa gloire commence.
« Il enchaîne la mort, et sa seule puissance
« Proclame ses vertus et sa divinité.
« Des plus sombres tyrans en vain la cruauté
« De ses adorateurs veut glacer le courage ;
« Vaincus et terrassés, Rome et l'Aréopage,
« De ce maître puissant reconnaissent la voix.
« Du pôle à l'équateur, tout fléchit sous ses lois.
« O ! sans doute, mon fils, au milieu des alarmes,
« On peut tout renverser par la force des armes.
« Sur des cœurs disposés, que l'art sait émouvoir,
« Le charme des talens peut montrer son pouvoir.
« Mais, pour fonder des lois qui vont tout contredire,
« Vois ceux qu'il établit au sein de son empire.

« Des disciples grossiers, de lettres dépourvus,
« Nourris dans la misère, à la terre inconnus,
« Sont les nobles soutiens de sa grandeur future.
« En vain l'orgueil pâlit, et l'enfer en murmure.
« Les peuples et les rois, à ses pieds abattus,
« Admirent son pouvoir et chantent ses vertus.

« Oh ! quand du Juif ingrat le front pâle et livide
« Ne m'annoncerait point un peuple déicide;
« Lors même qu'au mépris d'un décret éternel,
« J'en verrais relever et le temple et l'autel,
« Aurais-je moins du Christ adoré la puissance !
« Sans force, sans appui, sans art, sans éloquence,
« Achever son triomphe, et pour y parvenir,
« Employer le moyen qui doit l'anéantir,
« C'est l'ouvrage d'un roi qui se rit des obstacles,
« Le chef-d'œuvre d'un Dieu, le plus grand des miracles.
« Dis, quel culte jamais égalera le sien ?
« Et vois si, pour changer et devenir Chrétien,
« Il faut, marchant toujours dans une route obscure,
« D'une raison sévère étouffer le murmure.
« Il n'est d'un culte faux que l'adroit zélateur
« Qui puisse de la nuit aimer la profondeur.
« C'est par elle aisément que l'erreur se prolonge,
« Et laisse accréditer les fables du mensonge.
« Pour le nôtre, mon fils, je le dis sans détour,
« Rien ne lui convient mieux que l'éclat d'un beau jour.
« Jamais de l'avilir eût-on eu l'espérance,
« Si la main de l'orgueil n'eût armé l'ignorance ?

« Il a, j'en conviendrai, des mystères sacrés;
« Qui jamais des humains ne seront pénétrés.
« Mais d'un être borné, l'impuissante faiblesse
« Peut-elle du Très-Haut atteindre la sagesse?
« La nature, elle seule, a pour nous des secrets.
« Son voile la dérobe à nos yeux indiscrets,
« Et quel est l'insensé qui, s'ignorant soi-même,
« Veut égaler de Dieu la puissance suprême!
« Prends garde qu'en ses mains notre entier abandon
« Ne contredit en rien notre faible raison.
« En maître souverain, il peut avec justice
« En réclamer de nous le noble sacrifice.
« Homme vain et superbe, ose lever les yeux
« Vers le trône éclatant du roi même des Cieux.
« Voudrais-tu, malheureuse et faible créature,
« Limiter, dans ses droits, l'auteur de la nature?
« D'un souffle de sa bouche il peut t'anéantir.
« De fléchir sous ses lois, est-ce à toi de rougir?

« Mais de ce Dieu puissant autant que magnanime
« Vois combien, ô mon fils, la morale est sublime.
« Sous le poids d'un fardeau qui connait sa vertu,
« Relève, en soupirant, l'animal abattu (1).
« S'il trouve un nid caché sous la feuille légère,

---

(1) Au deuteronome, chap. 22. v. 4.

« Il garde les petits, mais laisse aller la mère (2).
« De l'hymen, trop long-temps les époux égarés
« Ressèrent, à sa voix, les nœuds doux et sacrés.
« L'usure dévorante en ses routes obliques,
« Rougit de s'engraisser des misères publiques.
« Le crime vainement armerait l'assassin,
« Le remords qu'elle appelle arrêtera sa main.
« Oui, mon fils, oui partout où s'étend son empire,
« L'amour unit les cœurs et le faible respire.
« De la société c'est le plus fort lien.
« L'Etat est en repos, quand le peuple est Chrétien.
« Il se fait un devoir de son obéissance,
« Et de Dieu dans ses rois retrouve la puissance.

« Si dans l'Etat en paix, elle est vraiment un bien,
« En des jours orageux elle en fait le soutien.
« Ah ! malheur à celui qui semblable au sauvage,
« Et qui n'écoutant rien que son bouillant courage,
« Des Etats par la guerre aime à briser les nœuds.
« Son véritable but est de les rendre heureux,
« Et le soldat du sien n'est que le bras fidèle
« Qui combat pour sa gloire et venge sa querelle.
« De la Religion s'il méconnaît la voix;
« Devant lui se tairont la justice et les lois.
« L'opprimé vainement fera couler ses larmes;

---

(2) Au deuteronome, chap. 22. v. 6 et 7.

« Le droit sera celui qu'établiront les armes.
« A ce trait on ne peut connaître un vrai Français,
« Disciple né d'un Dieu de clémence et de paix.

« Garde-toi de penser, quand son amour l'enflamme,
« Qu'un seul instant jamais il énerve son âme.
« Son ardeur, au contraire, en double le ressort,
« Et lui fait tout braver, à l'aspect de la mort.
« Par devoir, en tout temps, surmontant la nature,
« Il meurt sous ses drapeaux, sans plainte et sans murmure.

« Ouvre, si tu le veux, les annales du temps.
« Considère celui dont le bras triomphant
« Du fier Antiochus brava l'orgueil superbe,
« Et releva le temple enseveli sous l'herbe?
« Illustre Machabée, au nom de tes exploits,
« La Syrie, à genoux, tremble encor pour ses rois,
« Quand sur les bords du Tybre, arboré dans la plaine,
« Le signe du Sauveur orna l'aigle romaine,
« A-t-on vu Constantin montrer moins de valeur?
« Dis-moi : n'est-ce pas lui qui, marchant en vainqueur,
« Mit les Goths sous le joug, écrasa le Sarmathe
« Et fit craindre aux Persans un nouveau Mithridate?
« Quand de Clotilde enfin, le trop heureux époux
« Adorant les décrets d'un Dieu fort et jaloux,
« Eut au ministre saint demandé le baptême,
» En fut-il moins l'honneur de la France elle-même?
» Qui sut mieux que Clovis, le glaive dans les mains,
» Ou braver ou punir la fierté de Romains?

« Quel prince a mieux fondé la gloire de la France?
« De briser nos autels, va! qui dans sa démence
« A couçu le désir et l'a manifesté,
« Est le fléau des rois et de l'humanité !

« De la religion si l'influence est telle,
« Pourquoi, me diras-tu, plus d'un peuple fidèle,
« Dans le sang, en son nom, a-t-il plongé son bras?
« C'est que dans l'ignorance il ne la suivait pas;
« Qu'il cédait aux transports d'un zèle fanatique,
« Allumé par la fourbe ou par la politique ;
« C'est que l'intérêt seul en cachant ses desseins,
« En corrompait le cœur, en dirigeait les mains.
« D'un esprit trop crédule aisément on abuse,
« Et des crimes d'autrui, c'est ainsi qu'on l'accuse.
» Frappé de son éclat et de sa vérité,
« Vainement tu croiras à sa divinité,
« Si pour son digne auteur, une humble obéissance
« Ne rend un pur hommage à sa toute puissance.
« Ah! sans doute, il est bon; mais jaloux de ses droits,
« Il veut que sur la terre on respecte ses loix
« Et malheur à l'ingrat qui s'y montra rebelle?
« Il ne peut aspirer à sa gloire éternelle.
« Dans les sombres enfers, enchaîné désormais,
« Ses peines, ô mon fils, n'y finiront jamais,
« Qui pourroit mettre un terme à l'horreur du supplice!
« Il n'est plus de clémence au temps de la justice.
« Et qui fut criminel jusqu'au dernier soupir,

» Dans la haine de Dieu restant sans repentir,
» N'en saurait désarmer la majesté blessée.

« Sur ses maux inouis, arrête ta pensée.
« Ose, si tu le peux, sans sécher de terreur,
« De cette éternité sonder la profondeur !
« Ajoute au temps passé des millions d'années
« Dans un cercle nouveau l'une à l'autre enchainées;
« A leur terme arrivé, comme au premier des jours,
« Tu verras ses tourments recommencer toujours.
« Sur cette mer terrible où la mort nous engage,
« Il faut désespérer d'aborder au rivage.
« Eh qui peut s'étonner si fuyant l'univers,
« Tant de saints effrayés ont peuplé les déserts!

« Que l'impie insolent, endurci dans le crime,
« Le bandeau sur les yeux, folâtre sur l'abyme.
« Sur ses bords avec lui ne va pas t'endormir
« Sa main peut t'y plonger et non t'en garentir.
« Laisse le contester l'éclat de nos miracles:
« Ne va pas, sur la foi des ses méchants oracles,
« Du Roi même des Rois, insultant aux décrets,
« Compromettre au hasard de si grands intérêts!

« Des états désolés interrogeant la cendre
« Du charme des grandeurs, apprends à te défendre
« La vie est un éclair et souvent un fardeau.
« Nous n'existons jamais qu'au-delà du tombeau,
« Et qu'importe ici bas, d'heureuses destinées
« Tout dans cet univers, fuit avec les années.

« Sonde l'abyme affreux des siècles revolus;
« Ninive a succombé, Babylone n'est plus:
« Et Rome et ses grandeurs et la Perse et ses Mages,
« N'ont laissé que leur nom sur l'océan des âges.
« A ses futilités laisse un monde enchanteur
« Qui cherche à te séduire, et n'est qu'un imposteur.
« Tu connaîtras un jour ses longues injustices.
« Quel homme vraiment grand tient compte des services?
« Au milieu du danger qui menace ses jours,
« Avec empressement il appelle au secours.
« Si l'ombre d'un succès nourrit son espérance,
« Il élève un autel à la reconnaissance.
« Mais, à peine mon fils, le péril est passé;
« L'ingratitude arrive : et l'autel est brisé.
« Heureux, trois fois heureux! qui loin de sa présence
« Ne lui peut reprocher que son indifférence!
« De son salut hélas! le plus ardent moteur
« Dans l'obligé souvent trouve un persécuteur!
« Du service de Dieu, connais la différence;
« Au pauvre un verre d'eau trouve sa récompense:
« Ah! lui seul, oui, lui seul, mérite ton amour!
« Dans ses bras généreux, jète-toi sans retour.
« Il te fera connaître une route nouvelle
« Qui conduit au séjour de la paix éternelle.
« Pour te donner le goût de sa félicité;
« Dans ma bouche Dieu même a mis la vérité,
« Laissant tes préjugés, écoute son langage.

« Dès aujourd'hui, mon fils, te montrant juste et sage,
« De la fidélité reprends les sentimens;
« Et de ton vrai bonheur jette les fondemens.

« Ah! lui dit l'étranger, tant de raison m'éclaire,
« Vous avez de mon cœur dévoilé le mystère.
« Achevez votre ouvrage et daignez aujourd'hui,
« Ministre d'un Dieu saint, me ramener à lui.

« Je suis bien jeune encor : mais puisqu'il faut le dire;
« Des sophistes du temps partageant le délire,
« J'ai passé mes beaux jours dans l'irréligion;
« Et livrant l'évangile à la dérision,
« J'ai, suivi le torrent d'une aveugle jeunesse;
« Avec elle entraîné, dans une longue ivresse,
« Contre l'œuvre de Dieu, follement irrité,
« J'ai dans le temple saint bravé sa majesté.
« Hélas! envers le ciel la grandeur de l'offense
« Peut-elle du pardon me laisser l'espérance?

« Pour désarmer un Dieu justement courroucé,
« Une larme suffit et tout est effacé,
« Reprit, en l'embrassant, le saint Missionnaire.

« Viens avec moi, mon fils, et montons au calvaire
« Qu'aux pieds de Jésus-Christ éclate ta douleur!
« Dans tous les temps pour nous il est ce bon pasteur
« Qui ramène au bercail la brebis égarée;
« Il n'a point repoussé l'adultère éplorée,
« Dès qu'il trouva son cœur ouvert au repentir.

« C'est ce père indulgent toujours prêt à sortir
« Au devant de ce fils et prodigue et rebelle,
« Qui n'ose regarder la maison paternelle.
« Dans son sang généreux, expirant sur la croix,
« Il a lavé ton crime et rétabli tes droits.

A ces mots, revenu de ses justes alarmes,
Et de la paix du cœur goûtant déjà les charmes,
Le jeune converti détestant ses erreurs,
Près de l'arbre sacré l'arrosa de ses pleurs.
Pénétré du regret de sa faute mortelle,
Il promit à son Dieu de lui rester fidelle;
Et trouvant en lui seul son bonheur et son bien,
Il s'honore aujourd'hui du nom de vrai chrétien.
De la religion dont le flambeau m'éclaire,
J'ai chanté, dans ces vers, le triomphe au calvaire.
De ma route première un moment écarté,
Je reviens sur mes pas : et l'esprit enchanté,
Sur Paris je dirai ses conquêtes nouvelles,
Et la fin de ma course offrira les plus belles.

CHANT V.

Si Paris trop distrait, oubliant sa patronne,
A dédaigné les fleurs qui parent sa couronne;
Par un culte public et des veux solemnels,
S'il a cessé long-temps d'honorer ses autels;
De nos jours averti par la reconnaissance
Et des Rois secondé par la munificence,
Il a pour elle ouvert, au sein de ses remparts
Un monument pompeux, le chef d'œuvre des arts.
Sans ornement encor, sa noble architecture
En a jusqu'à ce jour fait la seule parure.
Et si de quelque éclat nos yeux y sont frappés,
On ne le doit qu'aux dons sur l'autel apportés.

Au temps de nos erreurs, aveugles que nous sommes!
Nos mains y déposaient la cendre de ces hommes
Dont l'abus de l'esprit et les vices du cœur
Etaient le frêle appui de leur vaine grandeur.

Sous un Prince chrétien enfin la capitale,
Respectant le lieu saint, n'offre plus ce scandale.
Et d'un œil attentif en parcourant ses murs

Nous ne rougirons plus de ces restes impurs.
De nos scrupules vains que leur ombre gémisse !
Que leurs adorateurs nous taxent d'injustice ;
Et qu'importe ? celui dont le but criminel
Etait de renverser et de briser l'autel ,
Eût-il un droit d'azile au pied du sanctuaire ?

Qu'arosant de ses pleurs son urne funéraire ,
Le deïste ou l'athée , insensible à nos maux ,
Transforme ses jardins en un champ du repos ;
Et que d'Ermenonville écartant le bocage
Il y place , s'il veut, un double sarcophage ,
Où dormiront en paix et Voltaire et Rousseau ,
Je n'irai point troubler leurs mânes au tombeau.

Quel droit a le premier à nos justes hommages ?
De ses productions presque toutes les pages
Outrageant la pudeur comme la vérité ,
Renferment une offense à la divinité.
Eh ! qui jamais pourra, s'il croit à l'évangile ,
Honorer d'un soupir l'étrange auteur d'Emile.
Oh ! des pauvres humains fatal aveuglement !
Pour nos livres sacrés combattant noblement,
Il avait, dans l'ardeur d'une juste défense ,
Epuisé les trésors de sa riche éloquence ;
Et c'est lui qui s'armant d'un paradoxe vain ,
Au doute qui s'égare ouvre un large chemin !
C'est ainsi que changeant de stile et de langage ,

Il élève à la fois et brise son ouvrage.

Aujourd'hui tout l'éclat de ses plus beaux écrits
Ne saurait éblouir que de légers esprits.
De l'église en courroux s'il brava l'anathême
Depuis long-temps déjà refuté par lui-même,
Contre ses arguments, en armant la raison,
De sa propre doctrine il montrait le poison.

Qui de la retablir a conçu l'espérance,
Depuis qu'un orateur dont s'honore la France,
Le pressant vivement dans ses honteux détours,
L'a cent fois terrassé par ses nobles discours?

Rendez-en aujourd'hui fidèle témoignage,
O vous! qui couronnés des roses du bel âge,
Avez dans saint Sulpice, en face des autels,
Vu peser ses écrits prétendus immortels.
Ennemis déclarés de sa philosophie,
Honorons à jamais l'heureux et beau génie
Qui, pour nous garantir de son illusion,
Prêta sa noble voix à la religion!

Mais sous un prince juste, ami de l'éloquence,
Son zèle ne pouvait rester sans récompense,
A ses premiers honneurs dont s'applaudit l'état,
Il réunit bientôt ceux de l'épiscopat.
Nouvel appui du trône au sein de la Pairie,
Il fera triompher l'église et la patrie,

Au gré de leurs désirs si nous marchons enfin,
C'est lui qui, le premier, a frayé le chemin,
Qui du dernier reptile en écrasant la tête,
A de la mission préparé la conquête.

O vertueux Rosan ! vos travaux inoüis,
L'ardeur de votre amour en ont mûri les fruits.

Au temple, à votre voix nous prévenons l'aurore.
Le jour à son déclin nous y retrouve encore.
Oui ! grâce à vos efforts, tout est changé pour nous.

Dans le temple sacré tout Paris à genoux,
Plein d'un vrai repentir a reconnu son crime.
Encore épouvanté, quoique loin de l'abîme,
Il offre à l'éternel le tribut de ses pleurs,
Et demande, à grands cris, la fin de ses malheurs.

Des combats loin de lui repoussant le théâtre,
Aujourd'hui de son Roi tout un peuple idolâtre,
Célèbre sa clémence et chante son retour.
Dans les nobles transports de son brûlant amour,
Daignez, dit-il à Dieu, protéger et défendre
Ce fruit d'un triste hymen hélas ! encor si tendre,
Cet enfant précieux qui, malgré les demons,
Promet d'éterniser le règne des Bourbons.

Ah ! qu'il vive à jamais le fils de Caroline !
C'est le prix des vertus d'une auguste héroïne !
Pour nos félicités, Dieu saint et généreux,

Oui! vous l'accorderez à l'ardeur de nos veux!

Aujourd'hui revenu de son erreur funeste,
Soumis au frein des lois, ce peuple la déteste.
On ne le verra plus dans ses égaremens,
Rompant avec éclat de saints engagemens,
Afficher, sans pudeur, un coupable adultère.
La fille en imitant les vertus de sa mère,
Près d'elle goûtera le souverain bonheur.
Si le pauvre souffrant gémit dans le malheur,
Bientôt l'humanité d'une main généreuse,
Tarira de ses maux la source douloureuse.
De l'honneur outragé foulant aux pieds les droits,
Le guerrier généreux, d'accord avec les lois,
Du sang d'un ennemi devenu plus avare,
Rougira d'imiter les fureurs d'un barbare

Sainte Religion, voilà donc tes forfaits?
Tu rassures le trône et nous donnes la paix.
Aux décrets du Très-Haut en nous rendant fidèles,
C'est peu de nous ouvrir les portes éternelles,
Par toi seule, ici bas, nous devenons heureux.

Des peuples abusés séducteurs dangereux,
Ah! faut-il s'étonner, si dans un plein délire,
Du roi même des rois vous déchirez l'empire;
Si ses vrais défenseurs sont par vous abhorrés;
Si de nos jours encor de leur sang altérés,
Dans leurs rangs généreux vous cherchez des victimes!

En dictant nos devoirs, ils proclament vos crimes.
Pour en goûter les fruits avec sécurité,
Vous niez un vengeur et son éternité.

Zélateurs imprudens d'une horrible doctrine,
Qui de tous les états prépare la ruine,
Fuyez loin de nos murs, et laissez-nous en paix
Du Dieu qui nous créa, célébrer les bienfaits.
Déchirés en lambeaux, vos ouvrages cyniques,
Ne l'emporteront plus sur nos divins cantiques,
Et malgré la fureur de vos méchans complots,
Dans nos temples divins, accourus à grands flots,
Les peuples désormais, et sans honte et sans crainte,
Se nourriront des dons qu'offre la table sainte.

Vierge dont à Nanterre on plaça le berceau,
Ah ! vous fûtes témoin d'un spectacle si beau,
Quand de Paris naguère une main protectrice,
Ouvrit en votre honneur le plus bel édifice.
L'encens sur vos autels fumant de toutes parts,
Sur nous du haut des cieux attira vos regards !
Et reportant à Dieu nos vœux et notre hommage,
Vous putes à loisir contempler votre ouvrage.

O ! jours dont le triomphe embellira l'histoire,
Où la Religion enchaînant la victoire,
A promis à la France un si doux avenir,
Que vous serez long-temps chers à mon souvenir!

Pour nous Jérusalem avait ouvert ses portes.

Des anges, à travers les brillantes cohortes,
On croyait déjà voir cet adorable agneau
Qui d'un jour éternel allumant le flambeau,
Doit combler les élus de ses dons magnifiques.
Et l'oreille abusée par le chant des cantiques,
De la sainte cité crut entendre la voix
Célébrer la grandeur du souverain des rois.

De nos spectacles vains, aujourd'hui la merveille,
Frapperait-elle encor mes yeux et mon oreille!
Qui pourrait y trouver un charme séducteur,
Quand de ces jours heureux on a vu la splendeur!

Au temple des plaisirs la voix de ses prêtresses,
Nous jète dans le trouble ou nourrit nos faiblesses.
Mais du saint roi prophête attentifs aux leçons,
Et de sa douce lyre attendris par les sons,
D'un vif et pur amour nous sentons que la flamme,
Vers le séjour céleste élève, en paix, notre âme.

O! Monde, c'en est fait! j'abjure ta folie.
Qui peut suivre tes pas, sur le soir de la vie?
Je veux, pressant les miens vers des sentiers plus sûrs,
Assurer le bonheur de mes destins futurs.

En repassant ces temps, pour moi si pleins d'orages,
Oui, j'irai du désert assiéger les ombrages.
Désolé de m'y voir si vide de vertus,
J'y gémirai, du moins, des jours que j'ai perdus.

O ! de la mission vous qui faites la gloire ,
Et dont Paris long-temps chérira la mémoire,
Prêtres de l'Eternel, si j'ai pu dans ces vers
Célébrer dignement vos triomphes divers,
Exaucez en retour mon unique prière.

Quand des heures pour moi sonnera la dernière,
Qu'aux portes du tombeau le flambeau du trépas
Éclairera le jour du dernier des combats ,
Implorez avec moi cette auguste Marie,
Dont la fécondité nous a donné la vie.
Pour moi, dans ces instans toujours si dangereux ,
De l'Eglise implorez les secours généreux.
Que sur vos saints autels le divin sacrifice
D'un Dieu trop outragé désarme la justice.
Donnez-moi de vos mains le pain du voyageur.
Sur mes lèvres posez la croix de mon Sauveur.
Que le prix infini de sa longue souffrance
Dans mon cœur défaillant ranime l'espérance !
C'est alors qu'affranchi des terreurs de la mort,
Du salut, en Chrétien, j'entrerai dans le port.

Jusques-là, de Paris sainte et digne patronne ,
Que ton esprit toujours me guide et m'environne.
Des faux biens de la terre efface les attraits.
Et de Dieu dans mon cœur viens établir la paix !

Mais toi, le digne objet de mes dignes louanges
Qu'avec ravissement contemplent tous les anges,
Du sein de tes grandeurs, Reine auguste des cieux,
Sur les miens et sur moi daigne jeter les yeux.

Si, dès mes jeunes ans, je t'appelai ma mère,
Si tu m'offris dès lors une main tutélaire,
Au moment où pâlit le flambeau de mes jours,
Pourrais-je vainement implorer ton secours?

Mais si tu veux hélas! que j'aime encor la vie,
De tes nobles faveurs honore ma patrie.
Prolonge les destins du meilleur de ses Rois.
Si, pour te rendre hommage, en élevant la voix,
Et pour mieux rassurer les fondemens du trône,
Il a mis à tes pieds le sceptre et la couronne;
Si, comme tes enfans consacrés à l'autel,
Nous te fûmes donnés par un vœu solennel; (1)
Redresse enfin nos lis, courbés par tant d'orages.
Fais en durer l'éclat jusqu'au dernier des âges.
Et rompant les desseins d'impudens ennemis,
accorde un doux triomphe au fils de Saint-Louis.

---

(1) Vœu de Louis XIII renouvelé tous les ans.

8

De ce tronc généreux dont les rameaux antiques
Ont donné tant de fleurs et de fruits magnifiques,
Si nous pouvons sauver les derniers rejetons,
L'un, par une alliance agréable aux Bourbons,
De la paix, au dehors, deviendra l'heureux gage,
Lorsque l'autre aux Français prêtera son ombrage.

FIN.

ERRATA:

PRÉFACE, *page* xj, 4.e ligne de l'alinéa, *forcé* lisez *force.*
Ibid. *page* xij, 2.e ligne, *en venoient* lisez *ne venoient.*

AU POEME. *pag.* 3, 17.e vers, *payeront* lisez *pai-ront.*
page 14, 2.e vers, *ont frappé* lisez *eut frappé.*
page 19, Il y a inexactitude dans la note, en ce que M.[r] Du Mesnildot, lors de l'évènement, était seul au pied de l'autel.
page 31, L'avant dernier vers, *au mépris de ses vœux solennels* lisez *des sermens solennels.*

www.ingramcontent.com/pod-product-compliance
Ingram Content Group UK Ltd.
Pitfield, Milton Keynes, MK11 3LW, UK
UKHW020412230726
13925UKWH00004B/1367